句集
エレメンツ
鴇田智哉
素粒社

目次

写真／著者

エレメンツ

I

トレース

海胆のゐる部屋に時計が鳴る仕掛
しらはえにあらゆる指を含みたる
分銅を置きかへて日の深まりぬ

しんかんと灼けてズボンのたち並ぶ
番号はいかに海芋の花は問ふ
かたかなの間にちらつく青みどろ
かさなりの深みへどくだみの緑

まんなかに始まりのある水馬

あめんぼの当つて遠く跳ねかへる

きのふをととひと次第に玉になる

蛃ふたつ回れり軸の違ひつつ

十二個の目が滝壺を見てもどる
滝壺の風のひろがりつづけたり
車座のひとりづつ風穴のある
なにより浅いところに秋の風

かなかなといふ菱形のつらなれり
蠟燭にうつし出されてゐる蜻蛉
つきしろのまぢかに耳は根を張れり
文字はよこながれに冷えをちらちらと

あけがたの空に指紋のやうな咳
枯れてゐる葦を貫きとほる影
鉄橋を幾つもの冬日滑りくる
枯木とはちがふ響きが鍵穴に

あかときの塔の途方のない太さ

さへづりへ楕円の穴のあくひかり

澄みわたりけり三角にあらがふ子

快晴を来て切株に当るかな

ぶらんこの鎖が空にまつすぐに
あたたかな木とさかさまに映る木と
虻は浮き椅子は腰掛けられてをり
雛罌粟をてつきり今と来てしまふ

火が紙にくひ込んでゐる麦の秋

一をかぞへる噴水の一時間

昔から打ちつぱなしの空がある

等高線そのうはずみをゆく蜻蛉

虫絶えぬ鏡の板に囲まれて
瀧こほるまで人間が列になる
近い未来へアロエの花せり出す
回るほど後ろの見えてくる疾さ

トーン

らんちうの古びて外はあかるくて
うつむくは蟻の傾くにも似たる
冷房の紙のふたつに剝がれゆく

とまる蛾にさかさまに来る人の貌

髪切に暗い出口のありにけり

紫陽花に落ちてきよとんとする小鳥

中洲置き忘れたままの夕焼で

うすばかげろふ罅割れてゐる団地
自転車に痺れのかよふ葉鶏頭
むらさきの火曜が羊歯の葉に映る
毛だらけの犬を抱へる秋の人

にはとりにかはつて彼岸花の立つ
しあさつて幽かにうつる吾亦紅
壜にさすすすき電気のとほる家
この秋のをはりの旗を配らるる

すぢかひのつめたさ空の組み上がる
フレームのそのままに日のなまめきぬ
枯るる日の中洲に人が見えて過ぐ
ひひらぎの花より別の層へ出づ

つはぶきは昨日の層にありにけり
誰となく八手の花へ消えたがる
かぶらなの畑でひとりでに話す
しやつくりと親指ばかりうごく家

凩にほつそりと傘ひねらるる
上階を行き来する寒いひとびと
ビニールを揉むと夕日のうちに暮れ
咳は来る星のまばらなところから

ちぐはぐに暮すズボンと水鳥と

人ふたりほどの高さにある巣箱

風船を結びつけて木の衰ふる

ストローを銜へるひとりづつ霞

プリズム

ひむかしのひもとひらめくぷらなりあ
ひらめきが榮螺の角となり尖る
オルガンの奥は相撲をするせかい

蝶の毛が縺れて薄ら日のなかへ
卓上の渚のひとが縄跳びす
かほの絵の服を着てからゆらゆらす
そら覚えしたる蜆のひしめきぬ

うらごゑのうわんうわんとはくれんに
風ひかるものをとらへる丸い犬
すみれ目のひとたちが自転車で来る
はなぶさに笑ふは画素になりながら

ぶらんこをからだの骨としてつかふ
目をひらくともなく凧とゐるあした
逃水に照らされて物とりかはす
かひやぐらには幾つもの笛の穴

海市では誰もが口をうごかせり
あめんぼのあまた姿をやりとりす
眩しさのしだいに蟻が減つてゆく
ぢかに見てゐるいちめんの黴の花

黴の花はじけ回路を行き交ふ目
界隈の水母ひしめきくるまひる
指が画をぐるぐるにして飛ばす蛇
部屋は水母の紐の階段つらなれり

あぢさゐを鏡としなやかにわたる
ししうどの群れへ空気のこもりゆく
さかさまの蟻のめきめき歩く部屋
わななきのこゑあり柿の花ひらく

雷のなほぺしやんこにひしやげたる

円いひきがへるの上の円い部屋

水になりかけたる夜のつばめ鮎

抽斗をひけばひくほどゆがむ部屋

夏逝くは肋にひびくこゑのなか
そらよみのまばゆし歩きにくい浜
コスモスのひろさが額にもうつる
消ゴムに小暗い栗鼠をからめとる

うそ寒きこすれに紙が毳立ちぬ
からかみは囁きにさらされてゐる
梟を自分の家と思ひ込む
辻にゐてそらんじる輪のつくり方

35°37′34.9″N 139°26′13.9″E

のっぺりとワッペンに狐火のつや
貝の神社へ青ジャージがしはぶく
凍る地を踏みしだき団地をのぼる

よぢのぼればまた逃水の地がひらけ
霞みゆく人たちに浮く日がひとつ
うららかに上から人の入る家
口あけて見上ぐおほきな雛のかほ

電鉄は蝌蚪の火花のほとばしる
まちなみが白みおもたい蝶がくる
捩花にあらはに若い家族たち
ごもごもと団地に声変りの者ら

グラジオラスいきものの毛がからむ

住区へと蚯蚓の色のはみだせり

落ち窪む区画にあをの亀の池

梅雨茸がゲームの球のやうに出づ

夏至の団地の一階の暗くある
あをぎりに野球の真似をするふたり
俯きのまぎはにからすうりの花
いうれいは給水塔をみて育つ

石を組み合はせて夏の日を悼む
葛の葉とさかさまにある橋と空
空蟬のあるいは雨の降るハイツ
くさむらを出てゐる虹に苦みあり

37°21′56.3″N 140°59′44.9″E

うみべりの壁に描かれたままの虹
あした日に焼けた体がここにある
とびこむを見すぎて明るすぎる壁

日ざかりのいつか間遠にひかる家

イヤホンを挿すと聞える合歓の花

思ひ出し笑ひでスベリヒユに会ふ

見えてゐる花野に黒い点が殖ゆ

霧に密に黒の袋の積みあがる
がらくたが犇き雨は線になる
やりとりをしてゐるヒトデ型のひと
目の玉を押すと蚊帳吊草が立つ

ジャングルジム目の玉と昼の月
目の玉の断面図炉の断面図
藻の彩が目の玉に射し込んでくる
目の玉や瞼に入り込んでゐる

草の穂ははるかな舟を患へり
つゆくさに瞳のあるを知られたる
葛からの不在の屋敷からの道
広い空気ときゆいきゆいと葡萄の葉

水飲み場から生えてゐる曼珠沙華

吾亦紅とたんに駅のかたち見ゆ

口あくと耳の具合のかはる秋

秋の蚊をつかめば前を見てをりぬ

Ⅱ

きのふの今

藻の花と写真にうつるわたしたち

街道を木槿の視点から覗く

気づかれてさやかに張りつめる子供

柳散り三年あとの彼が来る
風呂敷と木槿と遠い人のかほ
ひるからのみんなが紙の旗を振る
金柑にきのふの今を思ひ出す

手

てのひらを挿せば木目を抜けられる

杉菜さざめいて手元にとどく文字

ひばり指させり互ひに入り組めり

手かざしのすでにうすれてゐる蓬
うららかに手の持主が来るといふ
手の書きし言葉に封をする手かな
木目からすり抜けてきて手でありぬ

兎の夢

草の香に沿ふアルパカをゐがく線
点線の道でしんみり梨を噛む
コンセントから蛤になる雀

日の丸の三つ浮かんですすきの日
めくりとるさういふ秋の虹をまた
蓑虫を自分の鼻のやうに見る
ラクロスは兎の夢で出来てゐる

目星

こはるびの粒々のパラシウトたち
貂とさかさまの貂とがのびる渦
銀のひとらが図形の旗をしならせる

橙か目星か互ひ違ひに来
雪の目を瞑ればの網の目になりぬ
狐火へひとつらなりのヘルメット
切抜きのどれもがむささびの姿

めくれ

陣取りのとんぼ生れるまで続く

日ざかりのるつぼ密かに狙はるる

すぐそばに見えて旱のガラス玉

透かしみる羊に青いされかうべ
滝だとは知らない穴を見てをりぬ
鵜のすでに磨かれて目のひらかれて
ひあたりが果物よりも固い蟻

とれまろが追う我々のポットさん

ホーローの影にゆっくりめに入る

ひらたくん羽が反りるよ

もろもろの孫のとんでるフルダンス

どれも優れていますがロッシャー

てもみ風のラケットふぁんど光るんど

トリよりも巻いてるかった飛びカプセル

行ってゆかべな今度今度と負けれども

たんぼでもいとも回線からすみん

太いびたみん二本も通りぬけれる

とれるは片っぽすかっとチーム

でもめったに沸かない路面も吹聴してる

見よどうしても葉っぱのきゅうきゅう

はやい欄間はどれもすいてるから素敵

くたくたと輪のあるつらいドライみい

豆が見るトラットミンの羽ごろも　　乱父　#lamphike

だけでないクマがたゆたう乗っけられてる

みゃら漏れす見もせんでんね我とべす

みょみょのスリッパ鼻知らないでビラないで

ご飯ザムザにすっぱ抜かれるフットレス

パラモヤの首がわわわの電電どりい

ぱたる目の6は一気にしらべたい

こりゃ耳さチリッチリッと照ってるさ

二つともダンベル弁当もたれケア

ぴゃっこ尖ればスンガの出るだ

物あるね物を干すならボンボーン

曲げですらラッパらしいと知りませり

芯だけどスベラリンボー貰いもん

ワル玉とすげ替えられた指のまにまに

らめんたーとるのいどの砂けむり

らとみくす

しらぎれる吹いきゃらもんを飛ばらもん
とれもんどサモさらうんど木は曇る
ハモリスク変換してる黄色てもても

ひやるめり流行り竹から帰った彼ら
まりもから辿るニクロム線のひと
ふらっとを吸ってすわっと戻らなん
さらも屋の奥の方から和金がでるわ

ふあみら

サイゼリヤ近親者らがぴらかんさ
みいだらの渦をたくらむバーミヤン
石榴めくまでガストを可愛がる

COCO'S このお婆さんから電子音
泳がすかいらーく身を焦がすぱーく
VOLKSのほいほい具合てか聞けよ
ふぁあっぷるぐりむふぁあっとホントある

サドル式

とはいえど舞い立つライド暗いホー

ピンもろとも竹がトモロウすっぱい閣下

揉んでる馬ども知れどもすれっど

らっぱたーさん唐草を褒めちぎる
手放しの歯ブラシで環をすり抜けよ
たくたくと鳴るのも檸檬きみどりの
紙箱のぱたんと倒れたる語る

薊

しらいしは首から上を空といふ

西立川小動物のやうな雲

三椏にこゑの高さのうつるうた

友引でみんな薊のかほで来る

ヒュッヒュッとインクが梅の実を描く

象のホログラムの中が穴だらけ

tttふいにさざめく子らや秋

Ⅲ

私

会をしに出てゆく秋の体たち
まるめろにあかるい会のひらかれる
ちかぢかと耳のきこえる竹の春

木犀に埋もれ誰もがゐるらしき
木犀のあばらを貰ひたくなりぬ
耳鳴りがする蕣の実の置かれ
山鳩のこゑの風呂敷包みかな

秋の蚊にくはれて人の夢を見き
前をゆく私が野分へとむかふ
をどりゐてときをり尻を失へり
われからを遙かな車だと笑ふ

まるい日を追ひかけてゐる霧のなか
まるめろは私のそとにある形
菊を吸ふうしろへ通りぬけるもの
末枯に頭をふたつ入れて撮る

蝗から艶消の目をかすめとる
マスクはりついた私があちこちに
分け入つて景色に罠を仕掛けたる
みづいろの襖ちからを入れてみる

裏白のすぐ近くまで来てしまふ
悴んで車輪のまはる筋の見ゆ
うすらひを越えて電線沿ひにゆく
通話してゐたり空気に支へられ

はやり目にして竹の根を踏みゆく
竹になりかけのあかるみつつ痒く
春の野の覚めるとひとり減ることも
ぐつたりと目のある爪の懸りをり

はりがねを摑みひばりに通じたる
時報くつきりと接木の目の高さ
ゆく春の指から爪が出てをりぬ
ひばり野の上擦りながら巻き戻る

そらまめの花と犇くあなたがた
ひやむぎの知人ちかちかしてゐたり
うなづくと滝の向うの音がする
切株の外側にゐるわたしたち

優曇華の部屋に私のあるばかり
ゆびさすと埋もれてしまふ不如帰
電柱で今日の私に出くはしぬ

35°29′09.6″N 139°42′02.6″E

水涸れてはすかひの目と目が合へり
気のついて冬の運河をゆくところ
柱また柱冬日は尾を曳けり

ちかちかと海へ冴えゆく点の線
冬凪へことごとくあく車輛の扉
立ちくらみくる白息の海の駅
海の面を掠めつめたく目はゆけり

まばたきの止むとき寒い潮の音
ひとかげにまだらに冬の海が照る
目のなかが見えて水かげろふの今
凍晴を剝げば終りのない工場

枯菊に柵のペンキの剝がれ落つ

輪郭を日向の塵としてゐがく

すがたゐが日向ぼこうにゐて坐る

水面すれすれの日向を風邪とゐる

からだごと透けてあかるい冬の水

耳澄んで塵のかたよる方へかな

寄り合ふは風邪の擦れ合ふ音がする

咳の来るまへのまばゆい海の色

なかから冬日の奥で名を呼ばる
冬の鵺と私を囲むさやかな環
パノラマの寒さが手のひらにひらく
指三つひらくかたちに氷るそら

まなざしの鵜が液晶をさかのぼる

冬晴の時計三つの見える位置

誰となく鴉に見られてゐると知る

鴉よりも黒っぽくゐるわたしたち

おやゆびを曲げると鳰の潜り込む
にほどりが沈みつるんとする時計
ゐる人が変りぬ鳰の潜る間に
耳当てをあてて向うの面を見る

マフラーを巻くその上のかほと空
冬をゆくかほの高さを保ちつつ
イヤホンのかほの平らにすれ違ふ
見るほどに嵌め絵の鴨の嵌り込む

枯園におほきな玉の日が浮けり
木の葉ただよへり額のしらみつつ

桃ぁ烟《けぶ》たぁてチャリごと突っくらす

あんだぁそらぁ　ってんが西瓜んかっくらす

あったぁも一寸《ちっと》許《ば》ぁりぁ籾ばぁり

輪ゴムだぁッチ　そぃたっけんが紐ゴムよ
おめぇらほさ　あんちもん太《ふて》ぇ瓜あんべ
押っぺすぁおぃね　蔦っちゃあんとん従《したが》ぁね
目ン玉ぁびんちょだっぺゃ照ってっぺ

35°22′44.7″N 139°55′25.8″E

覚めさうにゐて海苔粗朶のまぶしい日
うららかに暮らした跡のあるほとり
ひらがながが散らばり夕焼けてしまふ

海苔あぶる額に海苔の風が来る
朝焼とちがふ魚を食べてゐる
ざらざらの虹のただよふ海のうへ
月の面に足跡のあるすひかづら

木目より浮き出て鱏の眼のかたち
蛇を捕まへるテレビのちらちらす
ふりかかるたびに濃くなる蛇のいろ
網戸から自分と同じこゑがする

飲みものの味のしてきて紙魚に会ふ

やたら見てをり家蜘蛛のすることを

つきゆびは歌をとめどもなく辿る

蜥蜴ゆく速さに喉をとほる水

枇杷の種ひるまの月へはがれ出る
ひぐらしの個体しづくのやうにある
あたらしいとんぼがとまるアスファルト
ひかうきの唸りが葦の野にこもる

人形のすすむはやさを流れ星

星が流れると誰かの目にかはる

二歳から凩のこゑ聞えたり

扉のゐる気がする朝の磨りガラス

蝕

口を塞いで太陽のけばだちぬ
竹の秋または機械が透けて見え
蝶の眼を使ひおほきな船に棲む

太陽が蠅の生れてからもある
げんげんに何を話してゐる彼ら
人ひとりづつ陽炎に位置を占む
逃水へひとりの熱として向かふ

かげろふの口閉ぢて歯をしまふなり
剝がれても剝がれてもなほ爪のかほ
爪の糸うつつに脚の攣ることも
嘴のかほで向き合ふ春の宵

風船の目鼻で人をすり抜ける
つるつるの函に風船詰めになる
混み合ひの目に蝙蝠がちらつきだす
吊革の環をまなかひに耳鳴りす

空のただなかゐぐれてゆく桜

木の瘤にたちまち喋るのをやめる

ふたすぢに嗽のこゑの立ちあがる

いちだんと目の張りつめる紙マスク

眩しくてこはい団地のハナミズキ

ふつふつと蝿のはみ出す日のおもて

あさざとも違ふ私が覚めて椅子

かほの上半分が見るポピーの野

体

ナイロンに層あり鹿の鳴くこゑの
あふむけにたひらに鹿のほとりへと
月白むいろんな管につながれて

輪郭のほかはあをまつむしのいろ

分銅を皿の支へる秋の昼

地図にある黄色にこもりゐる痺れ

次はいつ覚むとゐのころ草を問ふ

目の覚めて鹿の配置の切りかはる
いちじくのそばに手首の重くある
つきしろに聞え今のがこゑなのか
廊下にも鹿あり遂にあきらめる

うすく目をひらいてゐたる秋の潮

壁を隔てて喉音とダチュラの実

水滴のおくゆきをゆく秋の蝶

電話にて言はる木槿の目になれよ

榠樝から遠ざかるほどぼやける目

あきらかに私の位置に鹿が立つ

ぱきぱきと木のあちこちに目があたる

水涸れて梯子をのぼる手足かな

鎖から錆のとけ出てゆく海鼠

海鼠ころがり遠メガホンの何か言ふ

しやつくりや電信柱まで進む

まなかひのきはに詳らかに碍子

底ひまで水の抜かれてゐるぬくみ

顎になるまへのかたちをひかる風

山をおもひゐがきストローを吸へり

春の日のきれをあつめて人にする

ページとも皮膚とも春の乾きたる

包帯のうすやみに郭公の城

袋掛されはみんぐの聞えたる

壁が取り壊されて夏蜜柑かな

あぢさゐが染みる頭のうちがはへ
この部屋が金魚となりの部屋は雨
きはやかにとほる守宮の喉笛の
どよめきの興るあはひの百日紅

あらすぢが見ゆ河骨のあかるみに
肉筆の名前を探すねむのはな
鰓などのうごく額あぢさゐの森
ゐるものの名前を呼んでゐる泉

あけがたの日に粉つぽき蛾の紛る
ヘルメット越しにおほきな瓜と知る
はじめからありきと甜瓜のこと
なかにゐる水母のなかのずれてくる

グミを噛みながら鏡に映るとは

郭公の聞えるふりをするごつこ

背広着て鏡に映る蟬のかほ

空蟬をなくして次の日になりぬ

あをぎりは子供の腹のすべらかに
蓮の葉が軋み昨日にゐるやうな
枇杷あをく真後ろにくる人のかほ
竹散るは私のおもて側が照る

丘を見てきたと電池を取り換へる
いきてゐる体の影を踏む遊び

あとがき

生えている句を作りたい、と思ってきた。草や花がそこにあるように、俳句もまたある。草や花が何かの代わりとしてそこにあるのではないように、俳句もまた何かの言いかえとしてあるのではない。草や花のひとつひとつに対して人は、美しいと感じたり、そうでないと感じたりする。つまり、その草なり花なりへの感想はいかようにも生じる。でも、それをこえて変わらないのは、その草、花がそこに、ある、生えている、ということだ。だから私は俳句を、記録や報告や手紙、あるいは日記とは違って、造形物とか音楽に近いものだと思ってきた。今もそう思っている。

一方で、句集を編む、という作業は多かれ少なかれ、句に、句そのものでない情報を付与することである。本の題名、章分け、見出し、あとがき、プロフィール、装丁……。これはいわば、ひとつひとつの草や花を、しかるべきと考える位置に植え直して配置し、園あるいは野を作っていく作業といえる。

この句集の、「Ⅰ」は俳句という現象への興味、「Ⅲ」は社会と私と体からなる現象への興味、「Ⅱ」はそれらに収まりきらなかったものへの興味から句を並べた。「Ⅰ」の配置で私が意識したのは、最短詩である俳句がときに、感覚の横断や、具象から抽象への移りを、言葉として最もシンプルな形で表すということだ。「Ⅲ」の配置で私が意識したのは、ここ五、六年間の私の句に、「私」という単語が登場するようになったことだ。前の句集『凧と円柱』までにはまったくなかった傾向である。なぜ、私、という言葉を使うようになったのか。たとえばそこには、ふだんの何気ない経験の重なりに加え、震災、ウイルス、私自身や肉親や知人の罹災とか手術とか死の経験、といった要素が関わっている。誰かがいる、私がいる、という意識はかつてから、私が俳句を作るうえでの大きな関心事だったが、私、という言葉そのものを使いたくなったことには、明らかな心の変容があるだろう。

この組み立てに加え、「Ⅰ」「Ⅲ」には、私と私の俳句の組成につながりのあるであろう土地を二つずつ置き、また、私の二つめのふるさと上総松丘の方言による作品「匚」（はこ）を、置いた。土地、たとえば東京都の多摩ニュータウンができ始めたのは、ちょうど私が千葉県の木更津に生まれたころ。時代の雰囲気というものは生い立ちのなかに刻み込まれているので、昭和からあるらしき古びた一角にひかれるのはもちろんだが、起伏のある丘陵地に、人の造った道と橋と建物と緑とが重なり合う、高低差の大きな景がなによりの魅力である。福島県のいわきに縁があって、毎年のように訪れているのだが、近年その海辺から以北へ、帰宅困難地域にまで足をのばすことが二度ほどあった。途中福島第一原子力発電所の近くを通るときはさすがに心が畏まった。神奈川県の海芝浦駅は海の駅だ。本数のまばらな電車が、海を眩しみながら着く。昨年初めて訪れたその駅は、私の日々に新しい光を焼きつけた。私の生まれ育った木更津には港がある。海芝浦駅とはまったく趣の違う場所だと感じているが、東京湾を共有しており、座標に表せば、わずかな違いにしか見えないことに、あらためて驚く。

ところで、私は前に、俳句に関するある実験をした。屋外を走りながら、あるいは走ったすぐあとに、頭がぼうっとした状態で俳句を作ってみようという実験だ。できた句には「乱父」（らんぷ）と署名することにして句作を続け、やがて走らなくてもそういう句ができるようになり、夜な夜なツイッターに「乱父 #lamphike」と署名した複数の句をツイートしていた時期があった。乱父の句はそのつど初めて書かれ、その後の推敲や表記の変更はしないことになっている。「Ⅱ」にある見開き「乱父 #lamphike」は、それらである。

私の組成を見たい、確かめたい、というのは、この句集作りのなかに一貫した思いである。出来事や土地、そして実験によって変容を被った私が、折にふれて句を詠む。おのずと句は、その変容の影響を受けるだろう。それぞれの出来事や土地が、私に与えた影響は、それぞれに違う。その偏差を心に照らして計りながら、句をしかるべき位置に置いていく。

かくして、句集『エレメンツ』の句は配置されたが、終わりに、次のことにもう一度ふれたい。一句一句は、もとより、独立したひとつひとつの草や花のように眺められるという性質を失ってはいないと信じる。この句集において、ある句が、震災に関連する、あるいは新型コロナウイルスに関連する、あるいは病床に関連すると推測できるまとまりのなかに置かれているからといって、その句は私の意識としては「震災詠」でも「コロナ詠」でも「病床詠」でもない。あるのは心の偏差。私は題を詠んでいるのではなく、あくまで、そこにある私を詠んでいるのである。あるいは、そこに影響を受けて変容する私が、何か、を詠んでいるのである。

この句集はいわば、私の組成の空想的な設計図だ。ただし文法が言葉より先にあるのではないのと同じで、設計図が先にあるのではなく、私と句が先にある。句を配置するにあたっての私の興味はあくまで、私の組成における大まかな傾向、への推測によるものであって、もとより「Ⅰ」「Ⅱ」「Ⅲ」の相互に浸透する様相があり、すべてが連動しているともいえることは、確かである。それは、一人の人間がそのようにできていて、解きあかされ終わることがない、ということと同じなのだ。

二〇二〇年九月　蜩の鳴きつぐ夕

鴇田智哉

鴇田智哉　ときた・ともや

一九六九年　木更津に生まれる
一九九六年　俳句結社「魚座」（今井杏太郎主宰）にて俳句を始める
二〇〇一年　五十句作品にて俳句研究賞受賞
二〇〇五年　句集『こゑふたつ』（木の山文庫）、同句集にて俳人協会新人賞受賞
二〇〇六年　「魚座」終刊
二〇〇七年　俳句結社「雲」（鳥居三朗主宰）入会、編集長
二〇一三年　「雲」退会
二〇一四年　句集『凧と円柱』（ふらんす堂）
二〇一五年　同句集にて田中裕明賞受賞、同人誌「オルガン」創刊参加

エレメンツ

2020年11月11日　初版第1刷発行

著者　鴇田智哉《ときたともや》

発行者　北野太一

発行所　合同会社素粒社
〒184-0002
東京都小金井市梶野町1-2-36　KO-TO R-04
電話：0422-77-4020　FAX：042-633-0979
http://soryusha.co.jp/
info@soryusha.co.jp

装丁　北野亜弓（calamar）

印刷・製本　創栄図書印刷株式会社

ISBN978-4-910413-01-3　C0092

乱丁・落丁本はお取り替えしますので、
送料小社負担にてお送りください。